KB198023

날기에 충분한 날개를 가졌다고

용기와 희망을 북돋아 준

친애하는 9에게

시 임희진

동시를 읽고 씁니다. 한국일보 신춘문예에 동시로 등단하고,
『삼각뿔 속의 잠』으로 제12회 문학동네동시문학상 대상을 수상했습니다.
그림책 『달과 토끼』를 썼습니다.

그림 나노

그림을 그리며 10살 강아지와 함께 지냅니다.
인스타그램 @universenano

삼각뿔 속의 잠

ⓒ2024 시 임희진 · 그림 나노

1판 1쇄 2024년 11월 8일 | 1판 2쇄 2025년 1월 9일

지은이 임희진 | 그린이 나노 | 기획위원 유강희 | 책임편집 정현경 | 편집 강지영 엄희정 이복희 | 디자인 김성령
마케팅 정민호 서지화 한민아 이민경 왕지경 정유진 정경주 김수인 김혜원 김예진
브랜딩 함유지 함근아 박민재 김희숙 이송이 김하연 박다솔 조다현 배진성
저작권 박지영 형소진 최은진 오서영 | 제작 강신은 김동욱 이순호 | 제작처 한영문화사(인쇄) 경일제책(제본)
펴낸곳 (주)문학동네 | 펴낸이 김소영 | 출판등록 1993년 10월 22일 제2003-000045호
주소 10881 경기도 파주시 회동길 210 | 전자우편 kids@munhak.com
홈페이지 www.munhak.com | 카페 cafe.naver.com/mhdn
북클럽 bookclubmunhak.com | 트위터 @kidsmunhak | 인스타그램 @kidsmunhak
대표전화 (031)955-8888 | 팩스 (031)955-8855 | 문의전화 (031)955-3576(마케팅) (02)3144-3239(편집)
ISBN 979-11-416-0795-1 73810

잘못된 책은 구입하신 서점에서 교환해 드립니다. 기타 교환 문의: 031) 955-2661, 3580

어린이제품 안전특별법에 의한 기타표시사항 제품명 도서 | 제조자명 (주)문학동네 | 제조국명 한국 | 사용연령 8세 이상

삼각뿔 속의 잠

임희진 시 ✳ 나노 그림

문학동네

　　나는 밤이 두려웠습니다. 나의 밤은 유난히 길고 캄캄했으니
까요. 그러던 어느 날 동시를 만났습니다. 행운이었습니다. 간직
하고 싶은 말들을 찾을 수 있었거든요. 어둠 속에서도 그 말들
을 놓치지 않고 꽉 잡았습니다. 그리고 말의 귀퉁이를 꼭꼭 눌러
별을 만든 후 밤하늘에 하나둘 붙였습니다. 이제 나의 밤은 말
의 별들이 반짝여 다정하기만 합니다. 앞으로 찾아올 많은 밤도
두렵지 않습니다.

내 안에서 나온 말로 별을 빚기 시작하니까 사람들이 나를 시인이라고 불렀습니다. 나는 시인이라는 말이 좋아서, 더 열심히 별을 빚고 있습니다.

빛이 깃든 시를 쓰고 싶습니다.

나의 시가 누군가의 별이 되어 어둠을 건너게 해 주면 더없이 좋겠습니다.

2024년 11월

임희진

차례

1부 초록 배터리가 깜빡깜빡

2부 너한테만 말하는 건데

1부

초록 배터리가 깜빡깜빡

별 그리기

자, 점을 찍어

한 점에서 시작해
다섯 개의 선을 그리고
다시 점으로 돌아오면
별 그리기 성공이야

처음 시작한 점만 잘 기억하면
너의 별을 완성할 수 있어

빤듯빤듯해도 좋고
삐뚤빼뚤해도 좋아

네가 그렸다는 게 중요해
너의 밤을 지켜 줄
너의 별이니까

다섯을 천천히 세면 큰 별이 되고
빨리 세면 작은 별이 되는 거야
네가 그리고 싶은 별을 그려 봐

어디에서 시작할래?

찐 체험 후기

모두에게 잘해 줄 때보다
내게만 잘해 줄 때가 좋았어요.

누구에게나 공평할 때보다
티 나게 내 편을 들어 줄 때가 더 좋았어요.

특별한 시력을 가져서
많은 사람 속에서도
한눈에 나를 찾아내고

특별한 기억력을 가져서
나조차 잊어버린
내 말을 또렷이 기억해 줘요.

저를 12년간 길러 준 엄마에 대한
찐 체험 후기입니다.

공감하시면
'좋아요' 꼭 부탁드려요!

★★★★☆

*별은 하나 뺐어요. 우리 엄마는 동생이랑 내 이름을
가끔 바꿔 불러서요.

일찍 일어나는 트럭 운전사

오줌 마려워 일어났다
아빠가 밥을 먹고 있었다

우리 안 깨우려고 조용히
국에 밥을 말아 먹는 아빠

시계를 보니 새벽 다섯 시
다시 자려고 누웠는데

일찍 일어나는 새가……
그다음이 뭐였지?
잡아먹던가, 잡아먹히던가?

누구보다 일찍 일어나
아침 먹는 아빠를 보고

일찍 일어나는 새가……
그다음을 생각하느라
잠이 안 온다

모르는 척해 줘

친구들도 최고야
어른들도 최고야
하루에도 몇 번이나 부르는지 몰라

좋은 뜻인 건 알지만
어떤 때는
내 이름이 불편해

내가 잘했을 때
최고야!
부르면 더 신나지만

지각했네, 최고야?
졸고 있네, 최고야?
이름 때문에 더 튄단 말이야

어항 속 돌멩이처럼
백합 아래 질경이처럼
눈에 띄고 싶지 않을 때도 있어

가끔은 모르는 척해 줘
난 부끄럼 많은 최고야

뭐 하는 사람

과일 가게 하는 작은아빠는
입금 안내하면서
나주 배 할 때 '배', 예산 사과 할 때 '예', 송산 포도 할
때 '송'
배예송이라고 알려 줘요

학교 선생님인 엄마는
가림고에서 내려서 가좌고 쪽으로 오다 보면 가림초가
보이고
그 바로 옆이 우리 집이라고 가르쳐 줘요

가로수 조경하는 고모부와
길을 걸으면
버찌 떨어지는 벚나무보다
흰 꽃 수북한 이팝나무가 더
인기 많다고 얘기해 줘요

이제 누가 무언가 설명할 때면
뭐 하는 사람일까
혼자 맞혀 봐요

숭어

풀잎 같은 친구가 있어
망아지같이 뛰놀다 쳐다보면,
풀같이 앉아 책만 읽던 시들한 놈

하루는, 표를 한 장 내미는 거야
연극을 한다나!
돌이나 나무겠지 하면서도
그놈이니까 보러 갔어
근데 딴 놈인 거야
눈빛이 다른 거야
팔딱거리는 거야
풀이 아니라,
숭어였어

어떻게 풀밭에서 살았을까?
물속에 냅다
던져 줘야 할 것 같았어

한 문장 아닌 한 문장

—나는 싫다고 하지 않았어
갑자기 온 문자 하나

너는 안 했다고?
뭐가 싫은 건데?
아니, 말하진 않았다는 건가?

읽을 때마다
다른 데 힘을 주게 돼

이젠
진실은 하나가 아닐 것 같다는
불길함마저 들어

이거 한 문장 맞아?

겹

하루 종일 네가 뒤따라 다녀도
안 돌아봤어.
신경도 안 썼어.

하지만 가로등 아래서 힐끗 본 너는
조금 옅은 너, 일렁거리는 너, 작고 선명한 너,
너희들이었어.

나는 하나인데
왜 나 하나를 너, 너, 너희가 따라오는 거니?
혹시 나, 나, 나들이 내 안에 있는 거니?

머리부터 발끝까지
내 겹을 찾고 있어.
여러 겹을 이룬 나.

예민한 아이

내 눈은 고성능 카메라야
미세한 표정 변화도 놓치지 않아

내 귀는 고성능 음성 증폭기야
아주 작은 소리도 크게 들려

내 신경은 고성능 안테나라서
사람들 기분을 살피느라 늘 곤두서 있어

고성능 기계는
에너지가 많이 필요해
금세 방전되고
가끔은 아무 버튼도 안 먹힌다니까

초록 불빛이 깜빡깜빡
방전되기 직전이야

충전하려고 콘센트를 찾고 있어
구석구석 다니다가
결국, 못 찾으면
완전 방전

미안, 나 먼저 갈게
집에 가서 충전해야겠어
난 예민한 아이니까

삼각뿔 속의 잠

삼각뿔 안에 찰랑찰랑 담긴 잠이
뾰족한 쪽을 아래로 두고
서서 자요

자기 전에 먼저
책상을 정리하고, 서랍을 꼭 닫고,
소리 나는 시계를 방에서 추방하고,
창문을 꼭 잠그고, 커튼을 치고, 이불도 반듯이 펴고,
불을 끄고, 안대를 하고
눈을 감아요

그래도 밤사이 몇 번이나
잠이 눈을 뜨는지 몰라요

얼음!
책상도, 서랍도, 창문도, 커튼도, 이불도, 전등도, 안대도
그대로 멈춰요
모든 감각에 날을 세워
흐트러진 게 없나,
살펴봐요

삼각뿔의 뾰족한 쪽을
푹신한 쿠션들로 잘 받쳐 둬야 해요
엎어지면, 잠이
깨지거든요

2부

너한테만 말하는 건데

도미노

처음엔 그냥 네가 궁금했어
너를 복도에서 마주쳤고
네가 내 키링을 주워 줬잖아
그때 어떤 애가 너를 지훈아, 하고 불렀지

그래, 지훈아
너는 우리 반 반장이랑 친척이고
우리 반 반장은 오늘
환한 노랑을 입고 왔네

반장, 노랑 잘 어울려
반장이 웃었어

내 목소리가 이렇게 다정했나
나도 내가 어색해
웃음이 나

네 생각 한 블록이
다른 블록을 건드려
생각이 생각을 넘어뜨리고
그 생각이 또 다른 생각을 넘어뜨려

촤 / 르 / 르 / 르 — 륵
모든 블록이
너를 향해 넘어져

비밀의 귓속말

비밀에게는 단짝이 있어
늘 속닥거리는 소문 말이야

골목에
화장실에
몰래몰래 낙서도 해

제대로 알지도 못하면서……
전부 아는 것도 아니면서……

사실 중요한 건 따로 있어
진실을 알아줄 너에게만
조심스레 말해 줄게

이건 새로운 비밀
진짜 비밀이지

귀 좀 대 봐
너한테만 말하는 건데……

순간 포착

죽을힘을 다해
이 악물고 뛰어도
언제나 꼴찌야

다들 나를
앞질러 갈 때

찰칵!
옆에서 달리며
나만 찍는 아빠

휘날리는 머리카락
흔들리는 볼살
진지한 표정

사진 속 나는
언제나 1등이다!

무표정한 O

내 생일 파티에 와 줘
네가 없으면 섭섭할 거 같아
꼭 와, 알았지?

응

기분 좋게 '응'인가?
대충 하는 '응'인가?
마지못해 '응'인가?

오는 거 맞지?
다시 물었더니
이번에는
O

이모티콘도 없이
그냥 ㅇ

끈질기다

검은 비닐 봉투 하나
신발 바닥에 붙어
떨어지질 않아

너도 뭐 잘한 건 없잖아?
바스락바스락

제발 떨어져!
오른발을 마구 흔들어서
겨우 떨어뜨렸어

아, 속 시원해
홀가분하게
다시 걸었는데

못 들은 척하지 마
바스락바스락

이제 왼발에 붙어서
바스락바스락

정말 끈질기다

달팽이 집

등에 업은 집이 부서졌어
집이 부서지니까 잠이 안 오더라

몸은 꼬들꼬들 말라 가고
천적에게 들킬까 봐
바스락 소리만 나도 깜짝 놀라 깼어

늦반딧불이 유충에게 더듬이를 잘리거나
몸통을 파먹힐지 몰라
편히 잘 수가 있겠어?

달달 떨며 사느니
에라, 차라리 민달팽이로 살아 보자 했는데
심장이 집에 붙어서 안 떨어지는 거야

어쩌겠어
버릴 수 없다면 고쳐서 사는 수밖에

제일 유명한 병원에서 처방받은 달걀 껍데기
오독오독 씹으며 생각했어

어쩐지, 어른들이 등에 진 짐마다
흉터 하나씩 있는 게
이상하다 했다

나도 모르게

아빠랑 드라마 보는데
주인공들이 가까워지더니
입술을 쭉 내밀고
뽀뽀를 한다

뽀뽀를 오래 한다
심장을 쿵쿵 울리는 음악 속에
뽀뽀를 계속한다

나도 모르는 사이
내 입술도
쭈우욱 나와 있다

흘깃, 곁눈질을 하고
천천히
입술을 제자리에 놓았다

세상에……
아빠가 봤으면
내가 뽀뽀하고 싶은 줄 알겠다

나비 핀

나를 아는 듯
흰나비 하나
곧장 날아와요

사뿐히
내 머리 위에
앉았어요

큭큭큭, 웃음이 솟는데
들썩이면
날아갈까 봐

설레어
두 손을 꼭 쥐고
숨도 참고 있어요

나비랑 나
사진 좀 찍어 주세요

지금을
간직하고 싶어요

미로에게

아는 길 같다가도 진짜 모르겠어
거의 다 온 줄 알았는데
또 제자리야

이 길인가, 저 길인가?
출구를 찾으려는 마음에
점점 조급해져

아무리 복잡한 미로라 해도
한쪽 벽만 따라가면
출구가 나온댔어

돌아가더라도
확실한 길로 가야겠어

이제, 한쪽 벽에 손을 짚고
걸어갈 거야
끝까지

너를
완전히 통과할 거야

3부

꼭대기에서는 볼 수 없어

우물 안

꼭대기에서는
절대 볼 수 없어

길어 올릴 수 없을 만큼
깊은 우물 속에 있는 상처
그걸 꼭 봐야겠다면

사다리를 우물 안으로 내리고
바닥까지 내려와 봐

이 안은 아주 미끄러워
내려오다 다치지 않게
천천히

오래 머물면서
차츰 선명해지는 나를 봐 줘

날 만나러
우물 안까지 와
오래 머물러 준다면

할 수 있을 것 같아
내 이야기

모르겠어

현관 등이 혼자 켜질 때가 있어
아무도 오지 않았는데 말이야

책상 위 종이가 혼자 떨어질 때가 있어
창문이 다 닫혔는데 말이야

나도 모르게 눈물이 흐를 때가 있어
아무 일도 없었는데 말이야

아무도 오지 않은 걸까
창문이 꼭 닫힌 걸까
난 정말 슬프지 않은 걸까

도무지 이유를 모르겠어
이름 없는 슬픔이 있는 걸까

마트 네잎클로버

와, 네잎클로버야!
마트 채소 코너에서 발견했어
투명 상자에 담긴 네잎클로버들

풀밭에서는
크기도 다르고
모양도 다르던데……
어디 둘까, 누굴 줄까
참 설렜는데……

못생긴 잎 하나 없고
줄기 길이도 비슷한
마트 네잎클로버를 보고는
설레지 않았어

마트 네잎클로버에는 없고
풀밭 네잎클로버에만 있지

나머지 세 잎보다 작고
다른 잎 뒤에 살짝 숨은

찾고 싶고
간직하고 싶은
그 한 잎
그 설렘

퍼즐

나는 뱀이 무섭지 않아요
한 번도 보지 못했거든요
번지점프도 무섭지 않아요
한 번도 해 보지 못했으니까요

나는 키가 작고, 글씨를 잘 쓰고, 노래를 좋아하고,
피자 치킨은 싫고, 떡볶이는 좋아요

하지만 사실 나는
나를 잘 모르는 것 같아요
안 해 본 것도 많고, 안 가 본 곳도 많으니까요

나는 몇 개짜리 퍼즐일까요?
나를 얼마나 발견해야 나를 안다고 할 수 있을까요?

나는 무서워요

이러다 나를 다 못 찾을 것만 같아요

나는 무서워요

내가 천 조각 퍼즐인지 만 조각 퍼즐인지 모르겠어요

나에 대해 몇 가지나 알아야 퍼즐이 완성될까요?

꼬마야 꼬마야

또옥 똑 누구십니까?
꼬마입니다
들어오세요

한 꼬마, 두 꼬마, 세 꼬마
리듬 타다 자연스럽게
줄 안으로 끼어들었어

하나 두울 세엣 네엣
뒤도 돌고, 땅도 짚고, 만세도 부르는데
갑자기 멈춰 버린 노래

다른 꼬마들은 말 안 해도 통하던데
눈빛으로도, 표정으로도

남은 노래는 한 줄뿐이야
꼬마야, 꼬마야, 잘 가거라

강물처럼

꾀죄죄한 물이 쫄쫄 흐르는 굴포천

밤이 되면 말이야
커다란 달이 밝고
별, 별, 별, 별이 가득 차고
가로등도 강물 위로 얼굴을 내밀지

깜깜하면 깜깜할수록
빛이 가득해

내 마음에도 밤이 오면
밤의 굴포천을 생각해

눈을 감으면
온통 빛이야

옷장 테트리스

소중히 간직하고 싶었어
네가 준 건
모두

근데 어떻게
필통, 책, 텀블러, 젖은 체육복까지
마구 쑤셔 넣을 수가 있어?

내 속 깊숙이까지
헤집어 놓고
나 몰라라 하는 너

문 살살 여는 게 좋을 거야
함부로 열어젖혔다간

빼곡히 쌓인 테트리스 블록이
와르르

네 머리 위로
쏟아질 테니까
와르르르르르르르르

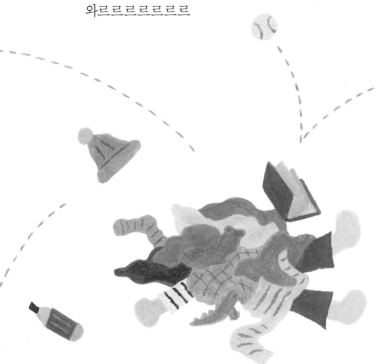

너는 괜찮댔지만

손톱을 바투 자르니까
어디 살짝만 닿아도 아픈데

아까부터
손끝만 물어뜯고 있어

네가 발표했다면 좋았을걸
내가 버벅거려서
많이 잊어버려서

아까부터 난
빨갛게 아픈 것도 잊고

어쩌나 어쩌나

우리 동시문학의
깊이와 넓이를 더하는

문학동네
동시집

홈페이지 www.munhak.com
문의전화 (02)3144-3238(편집) (031)955-3576(마케팅)

문학동네

86 내 마음을 구경함 김륭 시 × 노인경 그림

보다 깊고 보다 신비로운, 김륭 시의 전진
살구처럼 다가와서 살그머니 웃는 마음

2022 우수출판콘텐츠 선정작 | 2023 학교도서관저널 추천도서

87 오늘은 노란 웃음을 짜 주세요 임수현 시 × 윤정미 그림

철컥철컥, 눈먼 할머니가 수놓은 환상 세계
실뭉치를 돌돌 풀면 시작되는 이야기

2019 아르코문학창작기금 수혜작 | 제7회 권태응문학상

88 여기도 봄 신혜영 시 × 햇짱 그림

천 번도 넘게 본 것을 처음 본 것처럼,
경이롭고 소중하게 우리를 이어 주는 세계

2020 대산창작기금 수혜작 | 2023 한국문화예술위원회 문학나눔 선정도서

89 우리 여우 꿈을 꾼 거니? 강기원 시 × 류은지 그림

직선 하나 그으려 했을 뿐인데
내 안에 펼쳐지는 생게망게 이상한 숲

2022 아르코문학창작기금 수혜작

91 1센티미터 숲 변은경 시 × 이윤희 그림

뽕 뀌고 나면 퐁 빠져나가는 슬픔
톡 건드리면 토도독 열리는 축제

2020 아르코문학창작기금 수혜작

92 선생님도 졸지 모른다 김개미 시 X 고마쭈 그림

눈동자를 뒤룩뒤룩 굴리며 하는 생각
우리 선생님은 언제부터 선생님이었을까?

2024 서울문화재단 지원사업 수혜작

93 초록뱀이 있던 자리 김철순 시 X 최혜진 그림

어디로 갈지는 나중에 생각하고, 일단 출발!
농부 시인 김철순이 정성껏 일군 연초록빛 서정

문학동네동시문학상 수상작

제6회

65 착한 마녀의 일기 송현섭 시 × 소윤경 그림

누구도 들여다보지 않았던 변두리에서 들려오는
착한 괴물들의 목소리. 동시의 클리셰를 과감히 벗어던졌다.

2019 한국문화예술위원회 문학나눔 선정도서 | 2020 경남독서한마당 선정도서

제5회

57 나는 법 김준현 시 × 차상미 그림

"낯설고 새로운 에너지를 동시단에 수혈하리라."
_심사평(권영상, 안도현, 이안)

2018 세종도서 교양부문 선정도서

제4회

49 넌 어느 지구에 사니? 박해정 시 × 고정순 그림

만화의 한 장면을 보는 것처럼 풍부한 이미지들이
사회 현실을 동시 내부로 깊숙이, 재미있게 끌어들인다.

제3회

39 나 쌀벌레야 주미경 시 × 서현 그림

나와 너의 구분을 지우고, 작은 생명들이
어우렁더우렁 살아가는 시 세계

2016 아침독서 추천도서 | 세종도서 문학나눔 선정도서

제2회

29 엄마의 법칙 김륭 시 × 노인경 그림

앞으로 우리 동시가 나아가야 할
어떤 지점을 예고하는 것 같아 반가웠다. _안도현(시인)

오픈키드 좋은 어린이책 추천도서 | 어린이도서연구회 추천도서

제1회

27 어이없는 놈 김개미 시 × 오정택 그림

새로운 언어와 맹랑한 감각으로 무장하고
'어이없는 놈'이 온다!

한국도서관협회 우수문학도서 | 오픈키드 좋은 어린이책 추천도서

추천 동시집

손끝만
물어뜯고 있어

너는 괜찮댔지만
나는 괜찮지가 않아서

인형

처음엔 예뻤다
잘 때도 안고 잤다
움직이면 속눈썹 긴 눈
감았다, 떴다, 누우면
눈을 감고 있었다

책상 모서리에 긁혀 얼굴에 상처 났을 땐
내가 다친 것처럼 눈물이 났다

원피스 단추가 떨어졌을 땐
처음으로 바느질도 했다
단추 하나 다는 데 한 시간

이젠 멀쩡한 데가 없다
부러진 팔도 접착제로 붙였다가
또 떨어져서 투명 테이프로 칭칭 감았다

싫어졌지만 버리진 못 한다

바보 같아, 바보
내가 싫어해도 어디 가지도 못해!
차라리 확 사라지지

꽉 쥐어 잡고 흔들어도
색 바랜 눈동자
듬성듬성한 속눈썹
깜빡도 안 한다

쓰레기통 앞에서 망설이다
장난감 통에 집어던졌다
처박아 놓고

내가 운다

나를 기다려

토도독 토도독
굵은 빗방울이
내 방 창문을 두드려
밖을 내다봤어

친구가
우산을 쓰고
서성이고 있어

창문에 흐르는
빗방울 때문일까?

친구가
온몸으로
비를 맞고 있는 것 같아

쳇, 아까
말도 안 하고 먼저 가 버리더니

나를 기다리나 봐
모른 체할 수가 없어

아무래도
문을 열어야겠어

4부

커다란 풍선을 안겨 주었어

우린 아직 친구일까

쉬는 시간 종이 치자마자
옆 반으로 달려갔다
창문을 넘겨보니

지은이가
새 학년에서 사귄 친구와
깔깔 웃고 있다

야, 이지은!
창문을 열고
소리치고 싶었지만

포드닥거리며
창문과 나뭇가지를 오가는
참새처럼

우리 반 쪽으로 세 발짝
지은이 반 쪽으로 두 발짝

우린 아직 친구일까
생각했다

대여 불가

엄마는 하루에도 몇 번이나 날 불러
동생은 뭘 시켜도 뺀들대거든

아빠도 퇴근하면 날 불러
치킨이나 곱창 먹고 싶다고 하래
엄마는 아빠 말을 안 들어준다나

동생은 진짜 하루 종일 날 불러
뭐든 혼자 하기 싫으니까

있잖아,
내가 꼭 필요한 사람이니까 그러겠지
꾹 참다가도

내가 꼭 필요한 사람은 난데
내 순서가 안 와
화가 나

이제 그만 빌려줄 거야
나도 내가 필요해

바람이 불지 않아서

색종이로 둥글둥글 접은
빨간 바람개비

친구들 보여 주려니까
바람이 안 부는 거야

바람이 불 땐 저절로
돌돌 돌았지만

바람이 불지 않아서
내가 달렸어

기다려도 기다려도
바람이 오지 않아서
전속력으로 달렸어
바람을 만들었어

제자리걸음

조금도 나아가지 못하고
한자리에 머무는 것 같았어

걸으면 걸을수록
뒤처지는 기분

눈 감고도 제자리걸음은 하겠다,
한심했지

근데 눈 뜨고 걸어도
처음 자리를
조금씩 벗어나는 발자국

제자리걸음은 움직여!

남들 눈엔 안 보여도
나는 느낄 수 있어

디딜 때마다
다른 데야

아직 있어

내 짝 수연이는 울진으로 전학 갔지만
아직 우리 교실에 있어

짝꿍 그리기 시간에 내가 그린
수연이가 게시판에 붙어 있고

빌렸다가 돌려주지 못한
수연이 지우개가 내 필통 속에 있고

우리 반 단톡방에 가끔
수연이가 이모티콘을 올리고

친구들하고 신나게 웃다가도 문득
수연이의 웃음소리가 들려

놀러 온나!
들리나, 갈매기 소리?

휴대폰 너머
어설픈 수연이 사투리가 파랗게 넘실거려

게시판 그림이 바뀌고, 수연이 지우개가 작아지고, 수연
이 생각이 점점 줄고, 수연이 사투리는 더 그럴싸해지겠지
만……

한 달 전 전학 간
내 짝 수연이는
아직 우리 교실에 있어

연필 톡,

너무 뾰족하게 깎은 연필
부러질까 봐 조심조심하다

톡, 앞이 조금
부러진 거 있지?

그제야 연필을
힘주어 잡았어.

힘을 주어
글씨를 쓸 수 있었어.

아리송

아빠 목덜미살 접히는 게
할아버지랑 똑같다 그러니까
요즘 살쪄서 그렇지 닮은 건 아니래

아빠 수염 많은 게
할아버지랑 똑같다 그러니까
보통 남자가 다 그렇지 닮은 건 아니래

할아버지는 아빠가 1학년 때
'우리 아빠를 닮고 싶다'라고 쓴
일기장을 나한테 자랑하기도 했는데

아빠는 아직도 몰라
할아버지 마음

내가 아빠 안 닮은 건
다행이지

풍선을 불어 주었어

우는 아이에게
풍선을 불어 주었어

아이는
내가 풍선을 입에 물 때부터

알고 있었어
자기를 위해 풍선을 부는 줄

나는 얼굴이 빨개지도록
더 더 더어어어 크으게
풍선에 숨을 가득 불어 넣었어

울지 말라고 하지 않았어
그 아이가 나빴다고 하지 않았어

두 팔을 벌린 아이에게
커다란 풍선을 안겨 주었어

다시 돌아오겠다!

또 넘어졌어
어제는 바지가 찢어졌고
오늘은 무릎이 까졌지 뭐야

그래도 포기할 순 없지
가슴을 힘껏 펴고
만화 속 악당처럼 웃었어
음 하하하하

맨날 지면서도 악당은
다시 돌아오겠다!
쩌렁쩌렁 소리치잖아

진짜 세 보여서
진 사람 중에 제일 세 보여서
다 무서워하잖아

아, 아, 목소리를 가다듬고
음 하하하하
음 하하하하

멀리 앞을 보고
페달을 밟는 거야

자, 다시!

나와 나와 나의 빌드 업

김개미(시인)

아이를 어떻게 인식하느냐에 따라 동시의 내용과 모양이 달라진다. 시인에게 아이는 어떤 존재일까. 어디에서 누구와 무엇을 하며 어떤 상황 속에서 무슨 말을 할까. 이 고민과 사유는 동시를 쓰는 내내 시인을 떠나지 않을 것이다. 시인이 수많은 사람들 속에서 자신만의 개별성을 지니는 것처럼 시인이 작품 속에 초대한 아이도 수많은 작품들 속에서 아이만의 개별성을 지닌다. 함부로 분류하여 어떠한 범주에 넣거나 뭉뚱그려 개성을 지우고 말할 수 없다. 시인이 새로운 동시집을 들고 나올 때마다 동시의 세계에는 새로운 아이가 등장한다. 우리가 새로운 시인을 기다리는 것은 새로운 아이를 환영하기 위해서인지 모른다. 임희진은 첫 동시집에서 어떤 아이와 함께 우리에게 왔을까.

　　내 눈은 고성능 카메라야
　　미세한 표정 변화도 놓치지 않아

　　내 귀는 고성능 음성 증폭기야
　　아주 작은 소리도 크게 들려

　　내 신경은 고성능 안테나라서
　　사람들 기분을 살피느라 늘 곤두서 있어

　　고성능 기계는
　　에너지가 많이 필요해
　　금세 방전되고
　　가끔은 아무 버튼도 안 먹힌다니까

　　초록 불빛이 깜빡깜빡
　　방전되기 직전이야

충전하려고 콘센트를 찾고 있어

구석구석 다니다가

결국, 못 찾으면

완전 방전

미안, 나 먼저 갈게

집에 가서 충전해야겠어

난 예민한 아이니까

「예민한 아이」 전문

「예민한 아이」는 제12회 문학동네동시문학상 심사 중 가장 주목받은 작품 중 하나다. 동시의 세계에서 소심하거나 부끄러움이 많은 아이는 종종 만났지만 예민한 아이를 만난 적이 있었던가. 아이는 민첩하게 타인을 살핀다. 작은 소리도 놓치지 않고 사람들의 기분까지 들여다본다. 모든 감각을 동원해 주변을 파악하느라 빠르게 방전되고 있다. 곤충이 연상된다. 감각을 최대한으로 끌어올려 정보를 수신하는 것은 생존을 위한 본능이다.

본능은 고쳐지지 않는다. 그럼에도 그간 우리 사회는 '예민함'을 고쳐야 할 단점으로 인식해 왔던 게 사실이다. 대담한 척 쿨한 척 가면을 쓴 예민한 부모는 예민한 아이에게도 대담한 척 쿨한 척 가면을 쓰도록 강요했다. 「예민한 아이」 속 아이는 자신의 예민함 때문에 곤란을 겪기도 하지만 고쳐야겠다는 생각 따위는 하지 않는다. 다만 자신의 예민함을 이해한다. 이 점이 「예민한 아이」의 빼어난 지점이다.

남들이 볼 수 없는 것을 보고, 들을 수 없는 것을 듣고, 타인의 마음까지 헤아릴 수 있는 것은 예민함 때문이다. 그러므로 예민함은 능력이다. 고칠 수 없고 버릴 수 없는 게 아니라, 고칠 필요도 없고 버릴 필요도 없다. 자신을 괴롭힐지언정 남을 괴롭히지 않는 예민함은 창작하고 발견하는 사람들에게 없어서는 안 될 귀한 능력이다. 내가 너와 다르고 너는 나와 다르다는 것을 인정하는 사회에서 예민함은 하나의 특징일 뿐 다른 무엇이 아니다.

숭어

풀잎 같은 친구가 있어
망아지같이 뛰놀다 쳐다보면,
풀같이 앉아 책만 읽던 시들한 놈

하루는, 표를 한 장 내미는 거야

연극을 한다나!

돌이나 나무겠지 하면서도

그놈이니까 보러 갔어

근데 딴 놈인 거야

눈빛이 다른 거야

팔딱거리는 거야

풀이 아니라,

숭어였어

어떻게 풀밭에서 살았을까?

물속에 냅다

던져 줘야 할 것 같았어

물고기가 솟구치는 형태로 적은 「숭어」에는 내향적이라 할 수 있는 아이가 나온다. 꽃이 아니라 풀잎이어서 도드라지지 않는 아이. 조용히 책만 읽어서 특별할 것도 없는 아이. 연극을 한다는 것이 잠깐 의아했지만, 거기서도 그저 그런 돌이나 나무이겠거니, 재미없고 존재감 없겠거니 했던 아이. 그 아이가 모두의 예상을 깨고 숭어처럼 팔딱거린다. 아이의 이면에 대해, 의외성에 대해 호쾌

하게 그려 냈다. 아이는 어른의 기대에 부응하지 않고 판단에도 맞지 않는다. 파악했다고 생각하는 순간 다른 존재가 된다. 입체적이지 않은 아이는 없다. 사람은 사람에 대해 단정하기 어렵고, 특히 아이에 대해서는 더욱 불가능하다. 고요한 강물 속에는 수많은 물고기가 헤엄친다. 출렁거리지 않고 소리 내지 않는다고, 그게 다라고 생각하는 것은 착각이다.

풀잎이면 어떤가. 나무면 어떻고 돌이면 어떤가. 솟구치고 팔딱이는 것은 순간이면 충분할지 모른다. 정작 중요한 것은 풀잎과 돌과 나무가 찬란을 꿈꾸는 지루하고 긴 시간일지 모른다. 모든 강물이 곧 폭포에 떨어지며 무지개를 피워 올릴 거라고 떠들썩하게 흐르지는 않는다. 자신의 존재를 증명할 때와 장소는 남이 아니라 내가 안다. 임희진의 아이는 그런 아이다. 고요의 리듬을 타고 흐르지만 때때로 솟구쳐 멋진 궤적을 그리는 아이. 예측 불가의 아이.

그러니 아이들에게 방향을 제시하는 것은 상당한 주의가 필요하다. 아이는 탄생과 동시에 엄마에게서 떨어진 독자적인 유기체다. 외부와 상호작용하는 자기만의 정신 생태가 있다. 아이가 스스로의 힘으로 작용시키는 독립적 메커니즘을 함부로 건드리지 않는 것도 어른의 중요한 역할이자 태도이다. 「숭어」의 화자는 너무 가깝거나 너무 멀지 않은 거리에서 관심을 가지고 다른 아이를 지켜볼 뿐 간섭하지 않는다. 그리고 그 아이의 초대에 흔쾌히 응

한다. 아이 화자가 아무렇지도 않게 보여 주는 이 자세는 어른들
이 자주 잃어버리는 자세다.

하루 종일 네가 뒤따라 다녀도
안 돌아봤어.
신경도 안 썼어.

하지만 가로등 아래서 힐끗 본 너는
조금 옅은 너, 일렁거리는 너, 작고 선명한 너,
너희들이었어.

나는 하나인데
왜 나 하나를 너, 너, 너희가 따라오는 거니?
혹시 나, 나, 나들이 내 안에 있는 거니?

머리부터 발끝까지
내 겹을 찾고 있어.
여러 겹을 이룬 나.

「겹」 전문

나는 뱀이 무섭지 않아요
한 번도 보지 못했거든요
번지점프도 무섭지 않아요
한 번도 해 보지 못했으니까요

나는 키가 작고, 글씨를 잘 쓰고, 노래를 좋아하고,
피자 치킨은 싫고, 떡볶이는 좋아요

하지만 사실 나는
나를 잘 모르는 것 같아요
안 해 본 것도 많고, 안 가 본 곳도 많으니까요

나는 몇 개짜리 퍼즐일까요?
나를 얼마나 발견해야 나를 안다고 할 수 있을까요?

나는 무서워요
이러다 나를 다 못 찾을 것만 같아요
나는 무서워요
내가 천 조각 퍼즐인지 만 조각 퍼즐인지 모르겠어요

나에 대해 몇 가지나 알아야 퍼즐이 완성될까요?

「퍼즐」 전문

어둠이 내려앉고 가로등이 켜진다. 가로등으로 표상된 시공간에 들어서며 아이는 자신에게 집중한다. 돌아보지도 않고 신경도 안 썼던 자신의 모습은 조금 옅기도 하고, 일렁거리기도 하고, 작고 선명하기도 하다. 그렇지만 자신임이 분명한 "너" "너희들", 즉 자신의 "겹"을 대면한다.

「겹」에서 이미 발견한 여러 명의 '나'에 대한 심리는 「퍼즐」에서 더욱 구체적으로 드러난다. 화자는 잘 모르는 나를, 안 해 본 것도 많고 안 가 본 곳도 많은 나를, '미지의 나'를 두려워한다. 자기의 정체를 알 수 없어 혼란스럽고 공포심을 느낀다. 혹 해 본 것 많고 가 본 곳 많은 아이와 비교를 해 보았을까. 타인과 나의 차이에 단순한 부러움을 느끼는 것이 아니라 위축되어 버리는 나이가 되었음을 유추할 수 있다.

그러나 임희진의 아이는 '겹의 아이'이니 인식의 힘이 있는 아이도 그중 있을 것이다. 알 수 없는 자신에 대해서도 점차 인정하고 수용하며 성장해 나갈 것이다. 「숭어」에서 이미 증명해 보였듯 무

엇이든 될 수 있는 아이, 형식 없음의 아이, 수렴되지 않음의 아이,
규정되지 않음의 아이가 임희진의 아이다.

삼각뿔 안에 찰랑찰랑 담긴 잠이
뾰족한 쪽을 아래로 두고
서서 자요

자기 전에 먼저
책상을 정리하고, 서랍을 꼭 닫고,
소리 나는 시계를 방에서 추방하고,
창문을 꼭 잠그고, 커튼을 치고, 이불도 반듯이 펴고, 불을 끄고,
안대를 하고
눈을 감아요

그래도 밤사이 몇 번이나
잠이 눈을 뜨는지 몰라요

얼음!
책상도, 서랍도, 창문도, 커튼도, 이불도, 전등도, 안대도
그대로 멈춰요

모든 감각에 날을 세워

흐트러진 게 없나,

살펴봐요

삼각뿔의 뾰족한 쪽을

푹신한 쿠션들로 잘 받쳐 둬야 해요

엎어지면, 잠이

깨지거든요

「삼각뿔 속의 잠」 전문

삼각뿔이라는 생소하고 매력적인 공간은 임희진이 처음으로 확보한 공간이다. 삼각뿔 안에 담긴 건 아이가 아니라 잠이다. 그러나 잠은 아이 안에 담기는 거니까 마치 아이가 삼각뿔 안 뾰족한 쪽에 들어 있는 것 같다. 흔들리는 삼각뿔 때문에 자꾸만 각성되는 아이의 심리가 위태롭다. 책상을 정리하고, 서랍을 닫고, 시계를 내놓고, 창문을 잠그고, 커튼을 치고, 이불도 반듯이 펴는 행위는 강박이다. 강박의 기저에는 불안이 있다. 공포에는 분명한 대상이 있지만 불안에는 없다. 막연하여 한 가지로 꼬집을 수 없는 무엇에 대해 느끼는 초조함, 그것이 불안이다. 그러나 선사시대 이래 불안은 인류를 포함한 모든 생명체의 생존에 중요한 역할을 해 왔다. 피하고 싶어도 외면하고 싶어도 그럴 수 없다. 불안은 일평생 수용하고 이해하며 동행해야 하는 친구다. 「삼각뿔 속의 잠」에도 아이를 계속해서 각성하게 하는 원인이나 상황은 드러나 있지 않다.

어쩌면 오늘날의 아이들은 어른들보다 더 긴장하고 피곤한 일상을 살고 있을지 모른다. 우리 사회는 '특별함의 강박'에 빠져 있다. 많은 부모들이 자신의 특별하지 못함을 만회하기 위하여 아이들에게 특별함을 요구한다. 임희진은 그에 대해서도 말한다. 아이들도 때로 "어항 속 돌멩이처럼/ 백합 아래 질경이처럼"(「모르는 척해 줘」) 쉬고 싶다고. 재능이나 실력으로 특별하게 존재하기보다는 그저 존재로만 존재하고 싶을 때가 있다고.

꼭대기에서는
절대 볼 수 없어

길어 올릴 수 없을 만큼
깊은 우물 속에 있는 상처
그걸 꼭 봐야겠다면

사다리를 우물 안으로 내리고

바닥까지 내려와 봐

이 안은 아주 미끄러워
내려오다 다치지 않게
천천히

오래 머물면서
차츰 선명해지는 나를 봐 줘

날 만나러
우물 안까지 와
오래 머물러 준다면

할 수 있을 것 같아
내 이야기

「우물 안」 전문

우물 안에서 상처 많은 아이의 목소리가 들린다. 우리는 우물
속을 들여다보며 알 수 없는 깊이를 궁금해하거나, 우물물에 비친

화자의 모습을 담은 작품들을 흔히 보아 왔다. 「우물 안」은 그것을 넘어서는 상상력을 보여 준다. 차근차근 독자를 안내하여 마침내 우물 바닥에 내려서게 한다. 미지의 공간이었던 우물의 내부, 상처를 머금은 깊은 곳이 우리 앞에 드러난다. 이 상처를 보며 누군들 상상하지 않을까. 눈먼 두레박이 우물 안쪽을 때리는 순간을. 마음을 다친 사람의 내면을.

누구를 안다는 것은 무엇일까. 누군가에게 자기 이야기를 한다는 것은 무엇일까. 심층을 마주할 용기가 없으면 누가 누구를 알 수 있을까. 저변에 박힌 상처는 짐작만으로 알 수 없다. 바닥까지 내려가야 별처럼 찬란한 모습을 드러낼 것이다. 누군가를 진정으로 알려면 "우물 안까지 와" 상처 옆에 머무는 수고로움이 있어야 한다.

우물 안으로 들어갔다 나온 사람은 그 전과 다른 사람이 된다. 보이는 것으로 파악할 수 있는 건 아주 적다는 것을 이제 안다. 시선 너머를 보지 않고는 많은 걸 놓쳐 버린다는 것을 안다. 중요한 것은 잘 보이지 않는다는 것을, 우물물은 바닥에 있다는 것을 안다. 거기까지 내려가기 위해서는 힘을 비축해야 한다는 것과 자신을 돌보며 다치지 않고 내려가야 한다는 것도 안다.

아는 길 같다가도 진짜 모르겠어

거의 다 온 줄 알았는데
또 제자리야

이 길인가, 저 길인가?
출구를 찾으려는 마음에
점점 조급해져

아무리 복잡한 미로라 해도
한쪽 벽만 따라가면
출구가 나온댔어

돌아가더라도
확실한 길로 가야겠어

이제, 한쪽 벽에 손을 짚고
걸어갈 거야
끝까지

너를
완전히 통과할 거야

「미로에게」는 그리스 로마 신화 속 미노타우로스를 떠올리게 한다. 미로에 갇힌 미노타우로스처럼 누구나 자신만의 미로를 갖고 있다. 미로 속에 던져지면 두려움에 휩싸여 달리기 시작한다. 달릴 때는 앞이 보이지 않는다. 자신을 소진할 만큼 소진해야 비로소 혼돈에서 벗어날 단초를 찾는다. 시 속 화자도 "이 길인가, 저 길인가?/ 출구를 찾으려는 마음에/ 점점 조급해"하지만, "아무리 복잡한 미로라 해도/ 한쪽 벽만 따라가면/ 출구가 나온"다며 시행착오를 거쳐 탈출의 논리에 눈을 뜬다. 아이는 자기만의 방법으로 미로를 통과하고 빛이 쏟아지는 세계로 달려갈 것이다.

자, 점을 찍어

한 점에서 시작해
다섯 개의 선을 그리고
다시 점으로 돌아오면
별 그리기 성공이야

처음 시작한 점만 잘 기억하면

너의 별을 완성할 수 있어

빤듯빤듯해도 좋고

삐뚤삐뚤해도 좋아

네가 그렸다는 게 중요해

너의 밤을 지켜 줄

너의 별이니까

다섯을 천천히 세면 큰 별이 되고

빨리 세면 작은 별이 되는 거야

네가 그리고 싶은 별을 그려 봐

어디에서 시작할래?

「별 그리기」 전문

아이들은 삶이라는 아주 큰 백지 앞에 있다. 누구도 그 백지를
대신 채워 주지 않는다. 아이들도 그것을 안다. 때로는 꿈꾸는 모

든 것을 이룰 것 같지만 때로는 어느 쪽으로 가야 할지 모른다. 글을 쓰는 사람도 비슷하다. 어떤 글이든 쓸 수 있을 것같이 충만한 때가 있지만 한 글자도 쓰지 못해 막막할 때가 있다. 백지는 또 다른 형태의 미로다. 스스로 길을 만들고 그 안으로 들어가 거기를 통과해야 한다. 임희진은 첫 동시집 『삼각뿔 속의 잠』의 여는 시로 「별 그리기」를 배치했다. 아이들과 더불어 자신에게 주는 편지일까.

한 점, 아무것도 아닌 한 점. 그것이 없으면 별은 태어나지 않는다. 점, 그것이 무엇이 될지 어떻게 될지 모르기에 계속해서 선을 그을 수 있는지도 모르겠다. 빤듯빤듯할지도 삐뚤빼뚤할지도 클지도 작을지도 모르지만 처음, 그 마음을 잃지 않으면 원하는 별을 그릴 수 있다.

우물 바닥을 본 눈과 미로를 통과한 몸으로 임희진과 임희진의 아이가 이제 막 첫 점을 찍었다. 우리는 고성능 감각을 가진 예민한 아이와 여러 겹의 눈을 가진 아이를 만났다. 임희진의 시적 모험은 우물 바닥부터 별까지 펼쳐져 있다. 끝없는 시공간에 또 어떤 아이가 찾아와서 "나조차 잊어버린/ 내 말을"(「찐 체험 후기」) 들려줄까 기대된다. "읽을 때마다/ 다른 데 힘을 주"어 읽게 되는(「한 문장 아닌 한 문장」) 시를 쓰며 힘차게 페달을 밟아 나아가시기를.